es 1610

edition suhrkamp
Neue Folge Band 610

W0069658

Ein schmutziger Himmel, | seit Tagen kein Wunder, nur Lärm | auf den Straßen, herrliche Autos, | wem soll ich denn glauben, wenn nicht | meinem Zahnarzt, ein menschliches | Wesen muß Zeitungen lesen, | ich beiße und staune, vor Jahren | schon brüllte der Wind um Erbarmen | und die Schornsteine zittern | noch immer vor Glück.

Einzelheiten, Merkmale, Kriterien, die sich zu einer »Lage« zusammenfügen, wenn sie bewußt wahrgenommen werden, wenn sie plötzlich zu einer Tages- oder Zeitgeschichte werden, wenn man sich mitten darin erkennt, als jemanden, der ungläubig, sehnsüchtig, enttäuscht, erstaunt und erwartungsvoll ist. Immer aufs neue und in divergierenden Seelenlagen variiert Hans-Ulrich Treichel das Thema innerer und äußerer Vergänglichkeiten, als sei das Innen und Außen aufeinander abzustimmen und in Einklang zu bringen mit einer sich sträubenden Person.

Hans-Ulrich Treichel ist 1952 in Versmold/Westfalen geboren. Er lebt in Berlin, wo er Germanistik studierte und promovierte. Er war Lektor für deutsche Sprache an der Universität Salerno und der Scuola Normale Superiore in Pisa. Heute arbeitet er als Wissenschaftlicher Mitarbeiter an der Freien Universität Berlin. Hans-Ulrich Treichel erhielt den Leonce-und-Lena-Preis des Darmstädter Literarischen März 1985.

1986 erschien sein Gedichtband *Liebe Not*.

Hans-Ulrich Treichel
Seit Tagen
kein Wunder

Gedichte

Suhrkamp

edition suhrkamp 1610
Neue Folge Band 610
Erste Auflage 1990
© Suhrkamp Verlag Frankfurt am Main 1990
Erstausgabe
Alle Rechte vorbehalten, insbesondere das der Übersetzung,
des öffentlichen Vortrags
sowie der Übertragung durch Rundfunk und Fernsehen,
auch einzelner Teile.
Satz: LibroSatz, Kriftel
Druck: Nomos Verlagsgesellschaft, Baden-Baden
Umschlagentwurf: Willy Fleckhaus
Printed in Germany

1 2 3 4 5 6 – 95 94 93 92 91 90

Seit Tagen kein Wunder

I.

Was weiß ich von Bäumen

Was weiß ich von Bäumen

Auf die Natur kann ich
verzichten, jeden Morgen
das gleiche, Wind und Regen,
ein paar Wolken, ab und zu
eine lachhafte Sonne, was weiß
ich von Bäumen, Vögel sind
Vögel, ich kann mein Gehirn
nicht mit Singsang belasten,
an jedem Wegrand, auf jeder
Rinne, alles was grün ist,
was soll ich mit Gras.

Zur Lage

Ein schmutziger Himmel,
seit Tagen kein Wunder, nur Lärm
auf den Straßen, herrliche Autos,
wem soll ich denn glauben, wenn nicht
meinem Zahnarzt, ein menschliches
Wesen muß Zeitungen lesen,
ich beiße und staune, vor Jahren
schon brüllte der Wind um Erbarmen
und die Schornsteine zittern
noch immer vor Glück.

Meine Ordnung

Ich lebe, meine
Fotoalben sind fast
voll, der Staat,
den ich im Fernsehen
sehe, ist gut zu mir,
weil ich gut zu ihm
bin, lebenslange
Amnestie, die ich
mir durch Nichtstun
verdiene, meine Hemden
sind gebügelt, meine
Wünsche kompatibel,
ich atme, wie alle,
ich huste, wie die
meisten, jetzt, wo es
Herbst wird, fallen
die Blätter, und ich
denke: zu Recht.

Selbstporträt, korrigiert

Weg mit den letzten paar Haaren.
Der Mensch sei Schädel und Hirn.
Diagnose: geschrumpft mit den Jahren.
Im Himmel der Mond, mein Gestirn.

Der Ausblick ist immer der gleiche.
Die Landschaft: Bäume vielleicht.
Der Mensch: erst Säugling dann Leiche.
Die Sterne sind ewig. Das reicht.

Ein Trugbild aus hautbleicher Farbe.
Vor Zeiten zu glatt ausgeführt.
Ein Kratzer, ein Riß, eine Narbe:
Selbstporträt, korrigiert.

Fotoalbum

Das Kind auf der Schaukel,
der Knabe im Anzug, der Idiot
mit Hautproblemen, Entwicklung nennt
das die Psychologie, im Hintergrund
ein Herr mit Dame, sie im viel zu
grauen Mantel, er wie immer hart
am Bildrand, keine Ahnung von
Harmonik, eisenharter Rechtsausleger,
ich könnte mich in den leuchtendsten
Einzelheiten verlieren, ich könnte
mich spielend zum Weinen verführen,
einen Kartoffelsalat wie diesen kriege
ich so schnell nicht wieder, jawohl,
das sind die wahren Katastrophen,
wenn die Wäsche tropft, wenn der
Eintopf dampft, wenn die Lust sich
rührt, erzählt mir bloß nicht, ihr habt
nichts gespürt, schaut euch ins Herz,
fürchtet eure Kinder: irgendwann
waren wir alle mal Menschen,
Gnade uns Gott.

Widmung

Ich trag meine Seele
im Mund, mein Herz, hab noch
nie meine Lügen gezählt; ich ginge
am liebsten an dir zugrund, doch
wirklich verwundet mich nur
was mir fehlt.

Blätter

Blätter vor unseren Füßen
Wir nannten sie Blätter
Als die Wälder noch standen
Als der Wind noch hindurchfuhr
Was für Umwege wir machten
Wie viele Worte es gab

Zum halben Preis

Hängende Schultern
und zitternde Hände sind
noch keine wirkliche Leistung,
ich gebe es zu. Oder soll
ich die Leute belügen,
über die Liebe zum Beispiel,
über mein großes Gehirn
und mein glänzendes Aussehen.
Ich klebe meistens am Boden,
ich sage es offen, warum
sollte ich schweben;
ich gehe in Kunstfaserhemden
durch mein authentisches Leben:
immer gut versiegelt, immer
unter Strom, und immer
zum halben Preis.

Gespräch unter Bäumen

Daß es die Bäume
die Schwalben noch gibt
könnte ein Trost sein
auch wenn sie das Blühen
das Fliegen verlernen
und daß wir noch immer
im reglosen Schatten
Worte mit Worten berühren
als fehlte uns nichts

An der Dordogne

Die Hunde heulen den
Abend heran. Mit aller
Verzweiflung des Tieres.
Der Fluß treibt hinauf
zu den Sternen. Wir legen
die Steine ins Boot.

Le Périgord

Hier sind die Häuser
voll Laub und die Flüsse
aus grasgrünem Licht,
hier singen die Fische
wie Grillen, sind die
Teiche wie Spiegel, die
vor Himmelslust klirren.

Prometheus

Immer der gleiche Blick
Immer das gleiche Tal
Büsche und Steine
Ein trockenes Flußbett
Die Gärten wie Asche
Kein Baum und kein Schatten
Immer nur der leere
Ewigblaue Himmel

Soll ich mich
Selber zerreißen?

Sisyphos' Dementi

Ich bin gesund.
Ich rasiere mich täglich.
Ich trage ein gebügeltes Hemd.
Darauf bestehe ich.
Nur der Staub macht mir zu schaffen.
Alles andere ist falsch:
Der Berg auf dem ich wohne
ist nicht so hoch wie ihr glaubt.
Er ist gar kein Berg.
Und der Stein war schon bald
nur noch der Rest eines Steins.
Vor ein paar Jahren ist er mir
in den Ausguß gerutscht.
Seitdem sitze ich hier
und gebe Erklärungen ab.
Alles andere ist falsch.

Déjà vu

Ich erinnere mich genau
an uns: wie wir auf diesen
Stühlen saßen, du zogst
die Knie ans Kinn, ich schrieb
ein paar Zeilen auf blaues
Papier: Ab morgen leben wir
auf einem anderen Stern.

Wir sahen uns mit den
gleichen Augen. Du gingst
durch die gleiche Tür.

Mein Himmel

Die Steuern bezahlt,
ein paar Haare verloren und
über die Liebe nur Gutes gehört.
Nichts Neues also,
seit der letzten Bilanz,
die meinem Zahnarzt gewidmet war
und seinem perlweißen Lächeln.
Ich trage noch immer zwei
Flügel aus Blei.
Ich schwebe noch immer knapp
über dem Gehsteig. Auch wenn ich
zuweilen die Pfützen berühre:
Mein Himmel ist nah.

II.

Noch ist alles möglich

Einsicht

Noch ist alles möglich.
Wir haben uns flüchtig gestreift.
Der Rest: wahrscheinlich tödlich.
Die Kunst: daß man es begreift.

Wir sollten es dabei belassen.
Ein Hauch ist fast wie ein Kuß.
Sich lieben heißt auch sich verpassen.
Auf andere Art. Und Schluß.

Schöner Traum

Daß wir zu zweit vergehen:
Vielleicht mein schönster Traum
Daß wir uns stumm verstehen
Wir schreien – und hören uns kaum

Daß wir zu zweit vollenden
Was man allein nicht kann:
Selbstbildnis mit vier Händen
Wir fangen nicht mal an

Befund

Ich habe nie etwas empfunden
An keinem Morgen
In keiner Nacht
Ich blute aus künstlichen Wunden
Die hab ich mir selbst beigebracht

Ich bin durch nichts zu verletzen
Durch keinen Kuß
Durch keinen Tritt
Zerreißt mich in tausend Fetzen
Ich zerreiße mich mit

Alptraum

Niemand besucht mich
im Schlaf. Meine Gespenster
setzen sich nachts in den Garten.

Still wie die Steine.
Ohne die kalten Lippen zu rühren.
Ohne ein Flüstern für mich.

Drei Lieder über den Schnee

I.

Schnee, den ich loben will,
der die Bäume in weiße Wolken
verwandelt, den du sammelst
wie Silber auf deinen Schultern,
der die Spuren vor unseren Türen
verwischt, Schnee, der sich
opfert für dich und für mich.

II.

Es ist ein Schnee gefallen
Geliebter dein Mund ist so kalt
Wenn wir beieinanderliegen
Ich weiß: wir vergehen bald

Geliebter dein Bett ist aus Eisen
Der Himmel so hoch und so leer
Es ist ein Schnee gefallen:
Ich wünschte es fiele noch mehr

III.

Als die Erde verlassen war
von unseren Schritten und nur
noch Schnee fiel auf Schnee
als die Erde verlassen war
von unseren Worten und nur noch
Wind ging mit Wind als die
Erde verlassen war von unseren
Wünschen fiel auch kein Schnee
mehr ging auch kein Wind

Nur hinauf

Steigt, wilde Träume
nur hinauf schreiben die
Dichter in ihre geheimen
in ihre weißen Notizen
wollen Wortschwärme sehen
die wie Krähen aufflattern
wollen Wellen und Sturm
wollen Verse wie Türme
aus a und aus b und aus c
steigt, wilde Worte
nur hinauf schreien die
Träume in meinen leeren
den hämmernden Kopf

Benn

In so vielen Formen zu Hause
In so vielen Lagen vakant
Meist Bier und gelegentlich Brause
Und immer bei klarem Verstand

Mit allen Wassern gewaschen
Von mancher Säure geätzt
Und für die Damen Rosen
Ein Dutzend grob geschätzt

Äonische Zeiten beschworen
Der Rest war Serologie
Selten die Fassung verloren
Grundsatz: Einsamer nie

Jakob Lenz

Die kalten Bäder,
Mondlicht und Wolken
bekommen mir nicht.
Daß ich auf allen vieren
krieche, durchs ewig
graue Gebirg. Wer aber
würde meiner gedenken,
ginge ich aufrecht, säße
im Warmen, wie ihr.

Woyzecks Nachtlied

Bedenkt daß ich
Ein Menschenwesen bin
Ein Mensch wie ihr
So gut ichs eben kann

Ich sah den Himmel
Und der Mond stand drin
Ich schrie: Marie, was
Hast du uns getan

Dann fiel sie um
Ich trank ein kaltes Bier
Jetzt hab ich nur noch
Dieses Messer hier

Wünsche

Stille meinen
liebsten Steinen
den ungeheuren
Wolken Wind
seid ohne Furcht
meine schweißnassen
Träume lebewohl
mein Herzschlag
meine Worte
lebt wohl

Fragen

Warum ich so schnell deine Lippen berührte?
Ich weiß nur: Der Mensch ist ein sterbliches Tier.
Ein Tier, das ein anderes spürte.
(Im Himmel ist niemand. Darum sind wir hier.)

Mein Tag, meine Träume, mein wahres Gesicht?
Hier bin ich. Was soll ich dir zeigen.
Ich schlafe, ich wache: ich lebe – mehr nicht.
(Das andre, das muß ich verschweigen.)

Von der ehrlichen Liebe

Wir haben uns nicht mal
geküßt. Wir haben uns nur
die Schuhe ausgezogen.

Du warst es, die irgendwann
fragte: Was ist? Und ich,
ich hab nicht mal gelogen.

Morgenliebe

Das Paradies ist
verriegelt. Nun gut.
Doch der Wecker zeigt
noch ein paar Stunden
an, mit denen wir uns
anfreunden werden.

Schließlich erlösen
wir uns mit der üblichen
Zeitung, starkem Kaffee
und einem schnellen Adieu
von dem Übel, für heute
gerettet zu sein.

III.

Lied vom Ende

Lied vom Ende

Auch diesmal kein Ende mit Schrecken.
Nur Stille. Kein Schrei und kein Schlag.
Ich zöge es vor zu verrecken:
Ein Messer ins Herz. Guten Tag.

Statt dessen: bloß endloses Schweigen.
Der Himmel war immer schon grau.
Die Hölle – ich kann sie euch zeigen:
Nicht heiß und nicht eisig. Nur lau.

Als es gut war

Wir haben einiges
zu zweit getrieben:
Wir haben Bein und Bauch
den Kopf verdreht.

Wir haben uns
die Knie heiß gerieben,
die Brust uns naß,
die Haut uns wund geliebt.

Und weil es gut war
bin ich wund geblieben.
Und als es gut war
ging sie – es war spät.

Vaterbild

Dieser stumme
und schwere Mann,
der mit Hut
und Mantel
durch meine
Kindheit ging,
wie über ein
schneegraues Feld.

Anstrengung

Der Schweiß läuft
in Strömen als würde
ich Baumstämme fällen
dabei schreib ich doch
nur ein kleines ganz
kaltes Gedicht

Wiepersdorf, die Arnimschen Gräber

Kein Wort kein Erinnern
Kein zweifacher Schmerz
Ihr schweigt und ihr seht
Nur Staub – anderwärts

Kein Hügel aus Rosen
Kein Morgen voll Licht
So reden die Dichter
Sie lügen – ihr nicht

Meine Landschaft

Über den Himmel
kein Wort, über die
endlosen Wiesen,
die schnurgraden Wege,
und wie ich sonntags
mein Fahrrad
mit Taschen bepackte,
und nicht wußte
wohin.

Stummes Liebeslied

Laß uns wie die Tiere sein
Strecken wir die Glieder
Reimen wir mit Hand und Fuß
Unsre schönsten Lieder

Reimen uns bis auf die Zehen
Auch wenn – du weißt warum
Wir nur einen Vers verstehen:
Komm, wir tun es stumm

Variationen über Kain

1.
Korrektur

Du hattest ein Menschengesicht.
Jetzt erinnere ich mich.
Dein Mund war kein blutroter Kiesel.
Dein Haar keine Woge aus Sand.
Deine Schultern kein nachtschwarzer Schatten
in den ich das Licht
meines Klappmessers trieb.

2.
Frage

Wer, wenn ich schriee,
wischte mir denn
den Schweiß von der Stirn,
ließe mich ruhen
im Schatten des Hauses,
sagte ein Wort mir,
ein einziges Wort mir,
wer, wenn ich schriee,
ließe mich denn ohne Angst
an sein Herz.

3.
In dieser Nacht

Dabei habe ich nichts getan,
als dem gefräßigen Himmel
ein paar Knochen geschenkt,
der wurde dunkel vor Zorn
und warf einen Stein herab,
in dieser Nacht aus Sturm
und aus Staub, als die Büsche
zu tanzen begannen, als die
Krähen ihr schreckliches
Lied schrien, als meine Angst
meinen Bruder erschlug.

4.
Suche

Ich gehe noch immer
durch den frierenden Tag,
sehe das Eisgesicht
der Sonne, sehe den Wind,
der die Wolken zerreißt,
ich suche noch immer
diese Stimme, die mir
vor Jahrtausenden nachrief:
Was hast du getan.

5.
Befund

Das war es.
Ein zorniger Gott,
der mich mit
Asche bewarf,
der mir nachrief,
ich soll nun sein
ohne Tisch, ohne Stuhl,
ohne Bett.
Von allem anderen,
vom Schmutz
in meinen Eingeweiden,
von der Liebe,
vom Schnaps
und vom Fieber,
von allem anderen
sagte er nichts.

6.
Epilog

Ich habe eine Schaufel
genommen und dich zwischen
den Büschen verscharrt.
Ich habe begriffen: dein Gott
hat kein Mitleid mit dir.

Abgesang

Ich reiß nochmal die Augen auf
Ich freß noch ein paar Steine

Mein Mund ist Staub
Mein Haar ist Schnee

Mir tut das Herz noch einmal weh
Noch einmal fährt der Wind durchs Laub

Bevor ich zu den Toten geh:
Bevor ich euch beweine

Nachkomme

In mir ruhen die Toten nicht.
Meine Wunden sind leer.
Ich sehe den Himmel,
höre den Wind,
gehe über Straßen
aus Lärm und Asphalt.
Was mir aus den Taschen fällt,
reicht nicht aus für mein
Menschengesicht.

Komplott

Daß ich alles,
was du mir gibst:
das Haar,
die Schultern,
die Brust,
mit fremden
Händen berühre.

Daß du mich
mit mir betrügst.

IV.

Auf die großen Städte

Auf die großen Städte

Ihre Grabreden
sind längst verfaßt.
Doch sie stehen noch immer.
Sie dauern länger
als die Meere dauern.
Kein Gebirge nimmt es
mit ihnen auf.
Wer ihr Ende besingt
der sollte wissen:
Seines kommt früher.
Sie haben die Würmer
und den Wind überlebt.
Der letzte Grashalm
wird vor ihnen fallen.
Selbst wenn die
Sterne verlöschen:
In den großen Städten
brennt immer noch Licht.

Sommertag in Friedenau

Diesen Tag will ich loben,
obwohl ich des Lobens unkundig
bin, aber ich habe dem Glück
ein Aspirin geopfert und meinem
Leben eine Stunde im Straßencafé,
alle schoben ihre Räder heran,
niemand nahm mir die Zeitung weg,
alle blätterten in sich selbst,
die stillen, die träumenden Frauen,
ich sah ihre Schultern, ich trank
meinen Tee, diesen Tag will ich
loben, obwohl ich des Lobens,
des Lebens unkundig bin.

Mythos Berlin 1987

Ein paar Ruinen noch – der Rest ist nur Reklame
Verkabelt und vernetzt und sonnenklar
Ein Werbefotograf brüllt: Großaufnahme
Prometheus rührt die Fernsehsuppe gar

Anhalter Bahnhof: Dreizehn tote Gleise
Aus Styropor. Der Stoff der uns zusammenhält
Gedenken wir des Hangs zur Gruppenreise
Nach deutscher Art: Und morgen die ganze Welt

Die Mauer steht noch ein paar hundert Jahre
Sisyphos wirft die Zeitmaschine an
In Kreuzberg färbt Odysseus sich die Haare

Im leeren Hinterhaus betrinkt sich Pan
Steckt seinen Paß in Brand und geht dann flöten
Was hier zerbricht das kann auch Zeus nicht löten

Halbes Liebeslied für Berlin

Mit einer Handvoll Dreck
unter der Zunge, singe ich dir
ein halbes Liebeslied.

Der Himmel malt mir Schatten
auf die Lunge; die Stacheldrähte
zittern, denn es zieht.

Hier kau ich Pflastersteine
anstatt Brot. Hier leb ich halb –
woanders wär ich tot.

Kreuzberg renoviert

Wunderbare Mietskasernen
Unter frisch entstrahlten Sternen
Altbau hoch und Neubau nieder
Alle Nachbarn werden Brüder

Alle Häuser werden Hütten
Tango Gurken Koks und Quitten
Erdbeersekt im Steinehimmel
Selbst der unschlagbare Schimmel

Schimmelt jetzt in Veilchenblau
Die ganze Welt ein Formenregen
In jeder Brust auf allen Wegen:
Postmoderner Wärmestau

Am Brandenburger Tor

Alles eins nur ich gespalten
Dies mein Herz und das mein Hirn
Deutschland Deutschland unter anderem
Bröckelt deine Denkerstirn

Alles glühte nur ich rußte
Still zerbiß ich mir die Lippen
Herr im Himmel hilf den Schwachen
Flick mir die zerdrückten Rippen

Alles schrie die Raben krächzten
Deutschland einig Vaterland
Hab dann meinen Vers geflüstert
So daß niemand ihn verstand

Mauergedicht

Sie hämmern sie meißeln
ich reiß mir die Brust auf
und brüll vom Balkon in die
lärmende Tiefe: Wie schreib ich
nun meinen zementharten meinen
stacheldrahtklirrenden Vers

Sommernacht am Arno

Wir saßen am Ufer
Auf samtweichen Steinen
Bespuckten die Schatten
Der alten Paläste
Vertranken die Sterne
Den einzigen Himmel
Wir liebten das Leben
Wir wußten nicht wie

Mezzogiorno

Du hast mir das Meer gezeigt:
es glänzte nicht. Am Strand lagen
Fische und lehrten die Steine
was es heißt tot zu sein. Wir haben
trotzdem die Autotüren geöffnet
und dein Mund schmeckte noch immer
wie vor zweitausend Jahren.

Jetzt bin ich hier

(Rom, Villa Massimo)

Jetzt bin ich hier, hinter
den rostroten Mauern, zwischen
Pinien und Katzen, unter den
Lidern mehr Blau als gewöhnlich,
und trage noch immer meinen
preußischen Husten, die
schneesteifen Schuhe über den
knirschenden Kies, falle in
Brunnen, schlag mir den Kopf
auf an Säulen, Pilastern, grüße
den Pförtner, wenn ich hinausgeh
nach Bier und nach Brötchen,
der hört seit Wochen den Reim
meines Lebens: Wer immer auch
anruft, ich rufe zurück.

Serenade

Baumhohe Schatten
wandern den Kiesweg
entlang, der Gärtner
trägt grüne Netze
vors Haus, meine
Freunde, die kleinen
gefiederten Tiere,
singen ein Sterbelied.

Römischer Lobgesang

Auf die Pinie
vor meinem Fenster
und ihre steinerne
Geduld, auf die
hungrigen Katzen
und meine teure Salami,
auch die Nachbarin
will ich loben,
die mich mit sanften
Blicken füttert, auch
die Autos, vor allem
die blauen, kein
Himmel, kein Meer
ist so blau.

Sommernacht

Die Fledermäuse stürzten
schwirrend hinab, die Wolken
versprachen ein großes Gewitter,
ich machte mich klein vor dem Mond,
vor den Bäumen, eine Katze hockte
im Gras, wir sahen uns Auge in Auge
wie furchtbare Fremdlinge an.

Alles vergeht

Das bißchen Himmel
wird auch immer kleiner.
Die Spatzen merken noch nichts.
Aber ich schaue nicht mehr
nach oben.
Alles vergeht.
Vielleicht überleben die Autos.
Oder der Stacheldraht.
Nein, die Saurier fehlen mir nicht.
Obwohl ich manchmal
noch von Bäumen träume:
Große dunkle Wesen
aus Holz.

Inhalt

I. Was weiß ich von Bäumen

II. Noch ist alles möglich

III. Lied vom Ende

IV. Auf die großen Städte

Die »Drei Lieder über den Schnee« wurden
von Hans Werner Henze vertont und
am 8. September 1989 in Frankfurt am Main
uraufgeführt.

Deutschsprachige Lyrik
Erstausgaben in der edition suhrkamp

317/1/6.89

edition suhrkamp
Eine Auswahl

edition suhrkamp
Eine Auswahl

318/2/12.88

edition suhrkamp
Eine Auswahl

edition suhrkamp
Eine Auswahl

edition suhrkamp
Eine Auswahl

edition suhrkamp
Eine Auswahl

318/6/12.88

edition suhrkamp
Eine Auswahl

edition suhrkamp
Eine Auswahl

edition suhrkamp
Eine Auswahl

edition suhrkamp
Eine Auswahl

318/10/12.88